AF196102

Dunjas Kopfkino 3

Alle Rechte vorbehalten.

Unbefugte Nutzungen, wie etwa Vervielfältigung, Verbreitung, Speicherung und Übertragung, können zivil- oder strafrechtlich verfolgt werden.

Alle Rechte liegen allein beim Autor.

Originalcopyright © 2024, by Dunja Romanova.

Impressum

© 2024 Dunja Romanova

Druck und Distribution im Auftrag der Autorin:

tredition GmbH, Heinz-Beusen-Stieg 5, 22926 Ahrensburg, Deutschland

Das Werk, einschließlich seiner Teile, ist urheberrechtlich geschützt. Für die Inhalte ist die Autorin verantwortlich. Jede Verwertung ist ohne ihre Zustimmung unzulässig. Die Publikation und Verbreitung erfolgen im Auftrag der Autorin, zu erreichen unter:

tredition GmbH, Abteilung "Impressumservice", Heinz-Beusen-Stieg 5, 22926 Ahrensburg, Deutschland.

Vorwort

Sehr verehrte Leser und Leserinnen,

vielen Dank für den Erwerb meines Buches.

Mein Name Dunja Romanova. Mit diesem Buch möchte ich Sie an meiner Lust und Sexualität teilhaben lassen.

Dieses Buch ist das erste einer ganzen Reihe. Jedes Buch enthält eine erotische Geschichte. Diese entsprechen zum Teil meinem Leben, meinen realen Erlebnissen. Der Rest ist Kopfkino. Meine Geschichten sind daher eine Mischung aus Wünschen, Sehnsüchten, realen Abenteuern und Masturabtionsfantasien.

Und nun zu mir: Ich wurde im Jahre 1982 in der Sowjetunion geboren. Genauer gesagt in Rybinsk, im Sternzeichen Schütze. Wir wanderten 1996 nach Deutschland aus. Unser Weg führte uns damals nach Berlin.

Ich bin 162 cm groß und von molliger, aber ästhetischer Figur. Ich habe ein pralles, 95 E-Körbchen. Von Natur aus sind meine Haare blond und meine Augen grün bis bläulich. Meine Haare trage ich seit vielen Jahren kurz und in verschiedenen Farben.

Mittlerweile bin ich schwer tätowiert. Zum Ärger meines Vaters habe ich mir auch die Handrücken tätowieren lassen. So, nun haben Sie auch eine optische Vorstellung von mir in den Geschichten. Aber fühlen Sie sich frei sich auch etwas anderes vorzustellen.

Ich hoffe, ich kann Ihnen mit meinen Fantasien und Erlebnissen eine kleine Freude bereiten und/oder Sie zu erotischen Taten inspirieren ;)

Selbstverständlich würde ich mich über eine positive Bewertung und Weiterempfehlungen sehr freuen. Um das Lesen angenehmer zu gestalten, schreibe ich aus meiner eigenen Sicht.

Ihre Dunja

Das Spiel der Lust

Unser Liebesleben drohte langweilig zu werden und in Routine zu erstarren. Nach einer langen Aussprache trafen wir eine Abmachung. Wir wollten einmal im Monat um 'uns' spielen. Der Verlierer müsste sich dann 24 Stunden völlig willenlos den Wünschen des Gewinners unterordnen.

Diese Idee fand ich sehr aufregend, doch es stellte sich die Frage, welches Spiel wir spielen wollten. Nach einigem Hin und Her entschieden wir uns für Strip-Poker mit verschärfter Regel. Wer nichts mehr zum Anziehen hatte, musste sich 'selbst' als Einsatz bringen.

Also spielten wir, am Anfang war es noch recht ausgeglichen. Ich hatte meine High Heels und meine Bluse opfern müssen. Mein Freund sein Hemd und sein T-Shirt. Doch von da an verlor ich ständig, immer wenn ich dachte ich hätte ein gutes Blatt dann war seines noch besser.

Langsam wurden meine Kleidungsstücke knapp, nur meine halterlosen Strümpfe waren mir geblieben. Ich versuchte mich zu konzentieren, denn kampfloses Aufgeben kam für mich nicht in Frage. Doch ich hatte nicht den Hauch einer Chance, ich verlor wieder und nun musste ich mich selbst als Einsatz bringen.

Mein Freund spielte eiskalt und berechnend, er zockte mich einfach ab. Ich verlor auch das letzte Spiel und wusste dass ich ihm nun 24 Stunden absolut gehorchen musste. Doch zu meiner Überraschung löste er diesen 'Pfand' nicht ein. Es passierte nichts, nach ein paar Tagen hatte ich unser Spiel schon wieder völlig vergessen. Eines Nachts wurde ich dann recht überraschend von ihm geweckt.

Er drückte seinen nackten Körper von hinten

an mich und streichelte mich gierig. Ich wusste zuerst nicht ob ich das nur träumte und öffnete die Augen. Ich spüre wie er mich anfasste, er zog mein kurzes hauchzartes Nachthemd hoch. Als er sich von hinten immer enger an mich drückte, spürte ich seinen stahlharten Schwanz. Ich versuchte ihn schlaftrunken wegzuschieben: "Nicht jetzt Liebling, ich bin müde lasse mich schlafen!" murmelte ich.

In diesem Moment kam es über ihn. "Ich will jetzt aber ficken, Du kleine geile Sau! „, flüsterte er mir provozierend ins Ohr. "Spinnst Du! „, erwiderte ich hellwach. Er hatte aber bereits seine Finger zwischen meinen Schenkeln. "Hör sofort auf!", keifte ich los und presste die Beine fest zusammen. "Ich habe jetzt wirklich keine Lust auf Sex!" sagte ich sehr bestimmt.

"Denk an unser Spiel", sagte er streng, "Du gehörst 24 Stunden lang mir und ich tue mit Dir was ich will!". Erschrocken über seinen von mir noch nie gehörten Tonfall, verharrte ich tatsächlich regungslos. Unser Spiel hatte ich völlig vergessen, aber er hatte Recht. Ich musste meinen Einsatz einlösen. Er nutzte die Gelegenheit und griff nach unten, um seinen Schwanz, der bis jetzt nur an meinen Schamlippen hin und her gerieben hatte in mein Loch zu schieben. Er war so geil, dass er mich problemlos mit seinem Kolben buchstäblich pfählen konnte. Ich wurde sehr schnell richtig feucht, was ihn noch mehr aufgeilte.

" Du kriegst jetzt, was Du geile Schlampe verdienst!", keuchte er mich an und trieb sein Ding tief in meine Fotze . Mit einem grellen Schrei nahm mein überraschter Körper ihn auf. " Das Schreien kannst Du Dir sparen „, sagte er wie von Sinnen, legte seine Hand auf meine Mund und fickte wie ein Presslufthammer auf mich ein. Kaum steckte er noch tiefer in meiner

Fickgrotte musste er, um nicht gleich abzuspritzen eine Pause einlegen.

Er zerriss mit einem Ruck mein dünnes Nachthemd und entließ meine prallen Titten in die Freiheit. Er drückte mit beiden Händen meine Arme nach oben und hatte mich so endgültig hilflos zum Abficken bereit.

Gnadenlos stieß er in meinen Körper. Immer und immer wieder. Mit jedem Stöhnen das ich von mir hören ließ, rammte er seinen Schwanz härter rein. Sein Sack schlug bei jedem Stoß klatschend auf meinen Arsch. Mein ganzer Körper wurde von fickenden Wellen durchgeschüttelt. Meine Titten schaukelten fest und brutal nach oben, um in nächsten Moment lang gezogen nach unten zu klatschen.

Er packte meinen Kopf und drückte mir seine Zunge in den Mund. Mit einer Hand knetete er meine Nippel... "Sag, dass Du eine geile Fotze bist und es brauchst! ", befahl er mir. Ich schüttelte gespielt störrisch den Kopf. Sein Schwanz rührte nach wie vor in meinem Loch. " Sag es, oder ich ficke Deinen geilen Arsch durch, Du durchtriebenes Stück! ". Ich weigerte mich weiter. Mit einem Flupp glitt er aus meiner nassen Möse, drehte mich etwas herum und stemmte meine Schenkel senkrecht nach oben, bis mein Hintern sich einladend ihm entgegenstreckte.

Sein Schwanz fuhr durch meine tropfende Spalte und dann setzte er seinen Schwanz an meiner engen Rosette an. Ich stöhnte laut und war geil darauf ihn endlich in mir zu spüren. Er schob ihn langsam rein und fingerte meine kleine nasse Klit dabei. Ich keuchte wie besessen und spürte wie sein dickes Rohr immer tiefer in meinen Arsch glitt. Als er ganz drin war, verweilte er eine Weile. Dann begann begann er mich mit tiefen Stößen in den Arsch zu ficken.

" So abgefickt zu werden, gefällt Dich auch noch, Du Hure! " stöhnte er mir hemmungslos entgegen. Ich nickte leicht mit dem Kopf und genoss diese nicht enden wollende Geilheit in mir. Als er meine Arschbacken weit auseinanderzog und sich ansah wie er meinen Arsch bumste , krampfte sich alles in ihm zusammen und mit einem Schrei und einigen anfeuernden Schlägen auf meinen Arsch spritzte er sein warmes Sperma in mein Lustzentrum.

Völlig erschöpft, aber auch sehr befriedigt lagen wir da. "Das waren 3 Stunden, 21 Stunden musst Du mir noch dienen, süßes Luder!" sagte er zärtlich zu mir. Ja, ich hatte es genossen das er mich einfach genommen hatte. Arm in Arm schliefen wir ein. Irgendwann wurde ich geweckt, mein Liebster hatte unser Frühstück ans Bett gebracht und wir frühstückten sehr ausgiebig.

Dann ging ich entspannt ins Badezimmer und wollte mir eine heiße Dusche gönnen. Kaum stand ich unter ihr, kam mein Freund ohne anzukopfen rein. Ich wollte schon los motzen, als ich diesen sehr bestimmten Blick in seinen Augen war. Das Spiel sollte also hier weitergehen. Ohne zu zögern kam er auch in die Duschkabine. Auf seinen Wunsch hin seifte ich seinen Körper langsam ein. Meine Berührungen erregten ihn sehr schnell, dass konnte ich sehr gut erkennen.

Ich spülte die Seife genüsslich ab, da umfasste er meine Hüften und hob eines meiner Beine an und drang mit seinem harten Schwanz tief in mich ein. Damit hatte ich nicht gerechnet. Mir blieb die Lust vor Überraschung weg, ich spürte wie sein geiles Rohr sich immer tiefer in mich rein bohrte. Seine Stöße wurden heftiger, er fickte mich tief und hart. Meine

Überraschung wich einer großen Lust und die Gier nach mehr war riesig.

Er nahm die Brause von der Wand und stellte den Massagestrahl ein. Dann ließ er den harten Wasserstrahl über meinen Körper tanzen. Er hielt die Brause auf meine Titten und meine Nippel bedankten sich direkt, indem sie sich wie zwei Bolzen aufrichteten. Er küsste sofort meine erigierten Nippel und biss leicht hinein. Ein herrliches Gefühl, ich spürte das mein Orgasmus nicht mehr weit entfernt war. Da hörte er einfach auf, er zog seinen Schwanz aus meiner nicht nur vom Wasser nassen Fotze und verließ lächelnd die Dusche.

Ich stand alleine da, mein Herz schlug wie wild und mein Puls raste. Ich nahm die Brause und richtete den Strahl auf meine zuckende Spalte. Ich wollte mir einfach schnell die Erleichterung gönnen und schloss kurz die Augen. Als ich sie wieder öffnete, stand mein Freund vor mir.

"Kein Orgasmus ohne mein Erlaubnis, Du sollst mich um Erlösung bitten, kleines geiles Stück!" sagte er zu mir. Ich wußte das ich gehorchen musste, also nickte ich und verließ die Dusche. Ich trocknete mich ab und cremte mich von Kopf bis Fuss gut ein. Nackt ging ich Schlafzimmer und überlegte mir, was ich anziehen könnte. Doch gerade als ich zu gewohnten Jeans greifen wollte, betrat mein Freund das Schlafzimmer.

Er gab mir eine große Tüte mit Kleidung und befahl mir diese anzuziehen. Schon war er wieder weg, etwas verwundert packte ich die Tüte aus. Ein schwarzer Minirock und eine schwarze Korsage kamen zum Vorschein. Dazu halterlose Netz-Nylons und ein Paar schwarze Stiletto High-Heels. Das war alles, ich zog mich an und bemerkte dass die Korsage meine Nippel frei ließ, außerdem fiel mir auf, dass Slip und Oberteil fehlten.

Ich betrachtete mich im Spiegel, ich sah geil aus keine Frage. Aber irgendwie fühlte ich mich nackt. Ich ging zu meinem Freund und wollte ihn nach den fehlenden Kleidungsstücken fragen. Doch dazu kam ich nicht, er drängte mich auf die Knie und holte seinen Schwanz raus, "Blas Du geiles Stück!" verlangte er von mir. Ich gehorchte sofort und saugte seinen dicken Schwanz gierig in meinen Mund, ich leckte die Eichel und lutschte voller Hingabe. Doch plötzlich hielt er meinen Kopf fest und stieß tief in meinen Rachen hinein. "Jetzt ficke ich Dein Maul!" sagte er geil und rammte seinen Schwanz bis zum Anschlag in meinen Hals. Ich spürte wie sich ein leichter Würgereflex bemerkbar machte.

Aber das störte ihn nicht, immer kräftiger fickte er in meinen Mund. "Du Sau wirst gleich schlucken und zwar alles!" sagte er in einem Ton der keinen Widerspruch zuließ. Nach einigen weiteren harten Stößen kam er heiß und sprudelnd in meinem Mund. Es war so viel Ficksahne, dass ich Mühe hatte alles zu schlucken. Doch ich schaffte es, er ließ meinen Kopf los und ich leckte auf seinen Befehl hin den Schwanz schön sauber. Ich sah auf die Uhr..... 19 Stunden noch.......

....Ich war vollkommen geschafft und echt überrascht von der absolut dominanten Art meines Freundes. Was würde mir heute noch alles passieren? Was würde er von mir fordern? Würde ich alle seine Befehle befolgen können? Tausend Fragen schossen mir durch den Kopf. Ich ging ziemlich verwirrt ins Schlafzimmer und legte mich auf das Bett. Nach und nach wurde mir klar, wie sehr ich seine Stärke und seine Macht genossen hatte.

Für einen kurzen Moment schloss ich die Augen, als ich sie wieder öffnete lag eine braune Papiertüte und ein Notiz-Zettel neben

mir. Ich nahm den Zettel in die Hand und las :
"Du wirst Dich sofort mit der Papiertüte ins
Wohnzimmer begeben, Du bleibst so bekleidet
wie es sich für eine Schlampe gehört. Weitere
Angaben findest Du im Wohnzimmer!" Das war
alles. Ich nahm die Papiertüte und ging ins
Wohnzimmer. Ich sah sofort einen weiteren
Notiz-Zettel auf dem Sofa liegen, auf ihm stand
geschrieben: "Du wirst die Tüte jetzt
auspacken!" Ich setzte mich hin und packte
die Papiertüte aus. Zu meiner Überraschung
waren 2 Dildos und 2 Nippel Klammern darin,
außerdem noch ein Zettel: "Benutze alles zu
meiner Zufriedenheit, tust Du Schlampe es
nicht, wirst Du bestraft! Du hast eine Stunde!
Danach packst Du alles wieder in die Tüte
zurück!"
Das war alles, ich war perplex. Damit hatte ich
nicht gerechnet. Ich sah mich um und suchte
meinen Freund, als er nicht auf mein Rufen

reagierte, durchsuchte ich die ganze Wohnung nach ihm. Ich ging durch jedes Zimmer, doch er war nicht da. Was sollte das denn nun wieder, fragte ich mich. Eine leise Rebellion kam in mir auf. Wie wollte er denn wissen, ob ich alles zu seiner Zufriedenheit getan hätte? Ich ging ins Wohnzimmer und setzte mich wieder auf das Sofa. Nachdenklich sah ich mir die Sextoys an. Die Dildos waren schwarz, biegsam und recht dick. Die Klammern waren aus Metall mit Stellschrauben zum Justieren. Also was sollte ich nun tun? Einen kurzen Moment dachte ich darüber nach einfach nicht zu gehorchen. Doch dann fiel mir wieder mein Einsatz ein und Spiel-Schulden sind Ehren-Schulden. Ich nahm zögernd einen Dildo in die Hand und überlegte kurz, was ich tun würde, wenn dieser Dildo der Schwanz meines Freundes wäre. Die Antwort war mir sofort klar. Ich führte den Dildo an meine Lippen und hauchte sanfte Küsse darauf. Meine Zungenspitze leckte am Dildo entlang und ich lutsche ihn genüsslich nass. Tief schob ich ihn mir in den Mund und dachte dabei an den geilen, prallen Schwanz meines Freundes.

Ich nahm den Dildo aus dem Mund und ließ ihn zwischen meine gespreizten Schenkel gleiten. Es fühlte sich geil an, meine Fickspalte war schon ganz nass und ich rieb mir mit dem Gummischwanz meine Perle. Dann schob ich ihn mir gierig in mein nasses Fotzenloch. Mit tiefen Stößen fickte ich mich, die Finger meinen anderen Hand wichsen meine Klit dabei. Dieses Gefühl war einfach fantastisch, mein Körper zuckte und bebte vor Lust. Da fiel mir plötzlich der andere Dildo ein.

Schlagartig wurde mir klar, was ich mit dem zweiten Dildo tun sollte. Ich leckte ihn mit meiner Zunge nass, während ich mir meine

Fotze durchfickte. Dann nahm ich den zweiten Dildo und führte ihn langsam zu meiner engen Rosette. Meine Saft war mir schon über meine Arschspalte gelaufen, so dass der Dildo recht leicht in mein zweites Loch eindrang. Ich stöhnte laut auf, als der Druck größer wurde. Doch dann glitt der Dildo in meine Arschfotze hinein, ich schob ihn langsam tiefer. Ich hatte mir so eben beide Ficklöcher gestopft.

Eine riesige Woge der Geilheit überrollte mich. Ich konnte nicht anders, ich fickte abwechselnd meine heißen Löcher durch. Mehrere heftige Orgasmen durchzuckten mich. Mit zitternden Fingern nahm ich die Nippel Klammern und legte sie mir an. Ein irrsinniger Lustschmerz breitete sich in meinen Titten aus. Wie von Sinnen stieß ich die Gummischwänze in mein gieriges Fickfleisch hinein, bis ich wimmernd und völlig verschwitzt auf dem Sofa lag.

Als ich mich wieder beruhigt hatte, sah ich auf die Uhr. Die Stunde war fast um. Ich entfernte mit leisem Bedauern die Dildos langsam aus meinen abgefickten Löchern und nahm mir die Nippel Klemmen ab. Ich packte alles in die Tüte und ließ diese auf dem Sofa liegen. Ich ging ins Bad um mich etwas zu erfrischen, als ich wieder ins Wohnzimmer kam, war mein Freund da. Die Papiertüte war verschwunden. Er begrüßte mich mit heißen Küssen, dann ging ich in die Küche und kochte uns einen Kaffee. Als ich gemütlich in seinem Arm lag und Kaffee trank, fragte er mich ob ich seine Anweisungen befolgt hätte. Ich nickte mit dem Kopf, da sah ich ein Grinsen auf seinen Lippen.

Ich ging in die Küche um uns noch einen Kaffee zu holen, als ich zurück ins Wohnzimmer kam, hatte er den Fernseher eingeschaltet.

Was ich dort sah verschlug mir die

Sprache......... Ich sah mich! Mich! Ich sah mich, wie ich den Dildo genussvoll leckte. Verdammt, das war also der Trick gewesen, er hatte eine Kamera versteckt um zu sehen ob ich gehorsam war. Mir war mein eigener Anblick fast schon peinlich, ich sah wie ich mich hart fickte. Ich konnte meine eigene Gier in meinen Augen sehen.

Mein Freund sah sich diesen 'Film' genüsslich an. Er schaute völlig gebannt auf den Fernseher. "Das hat Dich kleine Fotze doch richtig angemacht, ich kann Deinen auslaufenden Fotzensaft sehen, Du geile Sau!" , sagte er ohne seinen Blick vom Bildschirm zu nehmen. Ich konnte nicht antworten ich wollte schon schnell wieder in die Küche gehen, doch mein Freund befahl mir mich neben ihn zu setzen. Also setzte ich mich, sofort spürte ich seine Finger an meiner immer noch nassen Spalte. Er fingerte mich und wichste meine Klit, er sagte mir was für eine geile Sau ich doch wäre und wie geil ich ihn machen würde.

Sehr schnell öffnete er seine Hose: "Blasen, Du Fotze!" verlangte er gierig und ich konnte sein hartes Rohr gar nicht schnell genug im Mund haben. Ich setzte meine ganze Zungenfertigkeit ein um ihn zufrieden zu stellen. Mein Anblick in diesem 'Film' macht ihn so scharf das er meinen Arsch ficken wollte. Ohne ein weiteres Wort drehte er mich um und fickte mich von hinten in meine Arschfotze. Mit einem tiefen Stoß war er sofort ganz in meinem Arsch verschwunden. Mit kräftigen Stößen vögelte er mich durch und bei jedem Stoß beschimpfte er mich für meine versaute Geilheit.

Immer und immer wieder durchzuckten mich die Orgasmus-Wellen, ich schrie...ich keuchte ....ich stöhnte.....und wollte doch immer mehr und mehr....Er fickte mich total rücksichtslos durch. Nach mehreren besonders harten

Rammstößen ergoss er sich wild zuckend in mein Arschloch. Unglaublich was dieser Mann mit mir machte. Total erschöpft sanken wir auf das Sofa.

"Noch 16 Stunden absoluter Gehorsam von Dir!"... sagte er leise als er mich leidenschaftlich küsste.

Völlig entspannt lag ich in seinem Arm... Sanfte Küsse bedeckten mein Gesicht. Ich genoss die Nähe und die Wärme. Nach einigen Minuten der Ruhe, ging ich ins Badezimmer Ich zog mich aus und gönnte mir duftendes Schaumbad. Ich schloss die Augen und dachte über die letzten Erlebnisse nach...

Als ich die Augen öffnete stand mein Freund vor mir. Er lächelte und seifte meinen Rücken zärtlich ein. Ich schnurrte wie ein kleines Kätzchen dabei. "Ich habe Dir etwas zum Anziehen raus gelegt. Wir fahren gleich in die

Stadt!" sagte er plötzlich. Dann ließ er mich allein im Badezimmer zurück. Nach einigen Minuten, kam ich aus der Badewanne heraus und hüllte mich in einen kuscheligen Bademantel ein. So ging ich ins Schlafzimmer...Auf einem Kleiderbügel hing ein Outfit, das ich bisher noch nie gesehen hatte. Es war ein knapper enger Minirock, eine sehr körperbetonte, weit ausgeschnittene Bluse...Auf dem Bett langen schwarze halterlose Seidenstrümpfe und ein Paar Riemchen-Pumps mit sehr hohen Absätzen standen vor dem Kleiderschrank. Keine Unterwäsche....kein Slip...nichts! Erwartete er das ich so in die Stadt fahren würde? Unsicher sah ich mir die Kleidungsstücke an. Nach kurzem Zögern zog ich mich an. Als ich angekleidet war, sah ich in den Spiegel. Ich sah mehr als sexy oder geil aus.

Ich stylte mich noch schnell und ging ins

Wohnzimmer. Dort wartete mein Freund schon auf mich. Seine Blicke verschlangen mich gierig, und er kam auf mich zu. Er griff mir ohne zu zögern in meine Spalte, die schon wieder feucht wurde. "Was für ein fickgeiles Luder Du doch bist", sagte er streng. Mein Freund befahl mir das sich mich setzten sollte. Das war nicht ganz leicht mit dem engen Rock. Als ich endlich auf dem Sessel saß, griff er mir wieder an meine Möse. Er zog vorschichtig die Schamlippen auf und betrachtete mich genau. Dann stand er auf und holte ein kleines Kästchen und überreichte es mir.

Ich sah ihn fragend an und öffnete das Kästchen. Darin lagen zwei aneinander befestigte Liebeskugeln. Er nahm sie mir auf der Hand und führte sie langsam und genüsslich in mein Fotzenloch ein. Das erregte mich total, meine Nippel wurden unter der dünnen Bluse steinhart. Er fasste in die Bluse und knetete meine Nippel. Dann hörte er plötzlich auf und ging zur Tür. So sollte ich jetzt in die Stadt fahren? Ich war heiß und geil und sollte einen Einkaufsbummel überstehen? Ich hatte keine Wahl und folgte ihm schließlich. Wir verließen die Wohnung und gingen zu seinem Auto. Bei jedem Schritt spürte ich die Kugeln in mir. Es war ein ständiges Kribbeln, dass machte mich schon ganz verrückt. Wir stiegen in sein Auto und fuhren los. Anstatt direkt zum Shoppen in die Stadt zu fahren, fuhr mein Freund über viele Umwege. Die Strassen waren teilweise richtig schlecht und jedes ruckeln sorgte dafür das meine Lust weiter anstieg. Total erregt legte ich meine Hand auf seinen Schwanz, doch er schob sie lachend weg. " Ist meine kleine Sau nass und will gefickt werden?" fragte er mich gespielt unschuldig. Ich antwortete nicht, mir war klar das ich noch eine lange Weile darauf warten müsste.

Irgendwann waren wir endlich angekommen, ich war mittlerweile so feucht das ich meinen Saft an den Schenkeln spürte. Ich wollte eine Toilette aufsuchen um mich etwas abzutrocknen, doch mein Freund erlaubte es mir nicht. Mir wurde klar dass er wollte dass ich auslaufe. Wir gingen also shoppen, mein Freund wollte mit mir in einen Schuhladen gehen. Was mich sehr verwunderte, denn eigentlich mochte er Schuhgeschäfte gar nicht. Doch kaum hatten wir das Geschäft betreten, wurde mir klar welche Aufgabe mir bevor stand. Ich konnte mich zum Anprobieren nicht hinsetzen, weil der Rock zu kurz war. Hilfe an nehmen von dem Verkäufer war auch unmöglich, denn er hätte bemerken können das ich keinen Slip trug.

Mein Freund beobachte meinen hilflosen Versuche unentdeckt zu bleiben. Dann wollte er mir doch behilflich sein. Er brachte mir die

Schuhe und zog sie mir an... Von unten hatte er einen geilen Ausblick auf meine sehr nasse Fotze. Er flüsterte mir geile Worte ins Ohr und erregte mich so noch mehr... Unauffällig streichelte er mir über meine pralle Klit. Ich musste mir auf die Lippen beißen um nicht laut zu stöhnen. Er ließ von mir ab und wir kauften ein Paar schöne High-Heels.

Mittlerweile konnte ich kaum noch laufen, mir zitterten die Knie vor Geilheit. Mein Freund genoss sein Spiel sehr. Nachdem wir mehrere Geschäfte unsicher gemacht hatten und er mich mit kleinen Berührungen ständig unter Strom gehalten hatte, gingen wir in ein Lebensmittel-Geschäft. Wir kaufen viel ein, mein Freund sah sich am Gemüsestand die Salat-Gurken an. Er nahm eine recht dicke Gurke in die Hand und sah mich mit lüsternem Blick an.

"Die ist genau richtig für Deine Ficklöcher!"

sagte er ganz leise zu mir. Ich wurde knallrot. War das etwa ernst gemeint? Wir schoben unseren Einkaufswagen zur Kasse und bezahlten. Voll bepackt gingen wir in Tiefgarage in der sein Auto parkte. Wir packten alles ins Auto, als ich ins Auto steigen wollte, hielt mich mein Freund fest. Mit einem Griff hatte er meine dicken Titten aus der Bluse befreit und leckte mit seiner Zunge meine harten Nippel. Ich stöhnte auf, dieses Spiel hatte ihn also auch sehr erregt. Er war geil auf mich. Ich konnte seinen dicken harten Schwanz an meinem Körper spüren.

Nach wenigen Sekunden hörte er auf und richtete meine Kleidung wieder. Wir stiegen ins Auto und fuhren los. Ich dachte schon an zu Hause und war froh den Einkaufsbummel so gut überstanden zu haben. Irgendwann fiel mir auf, dass wir in die falsche Richtung fuhren. Ich sah meinen Freund überrascht an, doch er fuhr einfach weiter. Nach einiger Zeit kamen wir an einen sehr abgelegenen Parkplatz an. Er stellte den Motor ab und beugte sich zu mir. Er küsste mich innig und streichelte über meinen Körper. Auf seinen Befehl hin schob ich den Rock hoch und spreizte die Schenkel. Er konnte meine total nasse Spalte sehen, er strich mit einem Finger über mein Klit und kippte meinen Sitz nach hinten.

Dann zog er mir langsam die Kugeln aus meiner geil geschwollenen Fotze raus. Mein Körper zuckte wie wild dabei, so sehr hatte mich die Situation aufgeheizt. Er öffnete seine Hose und zog meinen Kopf zu seinem Schwanz hinunter. Gehorsam fing ich an sein Fickrohr zu lutschen. Ich leckte über die pralle Eichel und nuckelte seinen Schwanz bis zu den Eiern genüsslich ab. "Jetzt ficke ich Deine Maulfotze, Du Schlampe!" keuchte er geil und rammte mir sein Fickrohr tief in den Hals. Immer härter und schneller wurden seine Bewegungen. Ich musste mir dabei die klatschnasse Möse wichsen, er war nicht mehr zu halten. Mit einem lauten Schrei entlud sich sein Lust-Nektar in meinem Rachen.

"Schluck, Du Hure, schluck alles und leck mich dann sauber!" verlangte er laut keuchend. Ich schluckte und schluckte, seine Ficksahne war fantastisch lecker. Ich leckte danach brav seinen mit Sperma verschmierten Schwanz sauber. Als wir uns kurz ausgeruht hatten, fuhren wir nach Hause. Ich war so geil auf ihn, dass ich ihn schon an der Haustür gierig küsste. Wir gingen hinein und legten unsere Einkaufe ab. nach dem wir alles eingeräumt hatten, setzten wir uns auf das Sofa. Ich hatte große Lust auf meinen Freund, ich wollte ihn verführen, ihn spüren. Doch er wehrte mich lässig ab.

Ich sah ihn verwundert an, er schaltete

ungerührt den Fernseher an, damit hatte ich nicht gerechnet. Ich rutschte unruhig auf dem Sofa hin und her. Er bemerkte es natürlich und beobachtete mich. "Na Schatz, bist Du etwa geil und brauchst was Hartes in Deinem Döschen?" fragte er fast unbeteiligt. Ich nickte mit dem Kopf und dachte das ich jetzt das bekommen würde, was ich schon die ganze Zeit wieder ersehnt hatte. Doch ich hatte mich geirrt, er sah mich an.

"Du weißt doch wo die Gurke liegt, ein Gummi hab ich schon rüber gezogen. Fick Dich damit, wenn Du so geil bist!" sagte er mit fester Stimme. Ich sah ihn sprachlos an, ich konnte nicht antworten. Minutenlang saß ich still auf dem Sofa. Verdammt, sollte das sein Ernst sein? Ich war sauer, richtig sauer. Aber die Geilheit in mir war stärker als ich dachte. Was sollte ich tun. Zögernd stand ich auf und ging in die

Küche. Die Gurke lag vor mir auf dem Tisch. Sie war groß und dick....

Ich nahm sie in die Hand und schaute vorsichtig zum Wohnzimmer rüber. Mein Freund saß immer noch da und rührte sich nicht. Leise ging ich ins Schlafzimmer. Ich zog den Rock und die Bluse aus und legte mich aufs Bett. Wie geil mein Freund mich doch immer wieder gemacht hatte, ich konnte es selbst nicht fassen. Ich dachte an die Shopping-Tour, an die Tiefgarage und an den Parkplatz. Wie irre geil dass doch alles gewesen war. Wie von selber glitt die Gurke über meinen Körper. Es fühlte sich gut an, ich ließ sie zwischen meinen Beinen kreisen.

Als sie meine Klitoris berührte stöhnte ich auf. Ich rieb meine Perle mit der Gurke, doch das genügte mir nicht. Ich wollte mehr. Die Gurke glitt über meine nasse Fickspalte immer und immer wieder. Was für ein Genuss, mir wurde immer heißer dabei. Dann konnte ich nicht mehr anders ich musste mir die Gurke in mein nasses Loch einführen. Langsam drang sie etwas in mich ein. Ich drehte sie hin und her, bis sie wie von selber in mich glitt.

Wie sehr sie mein Loch doch ausfüllte. Ich schob die Gurke tiefer in meine Fotze. Meine Pussy zuckte wie wild dabei. Herrlich. Ich spürte wie die pure Geilheit mich überrollte. Da sah ich das mein Freund in der Tür stand und mich beobachtete. Er war nackt und hatte seinen Schwanz in der Hand. Er wichste sein Rohr und sah mir zu, wie ich mich mit der Gurke vögelte. " Ja ramm Dir die Gurke in die Fotze, komm mach es Dir hart! Das brauchst Du geile Sau doch!" keuchte er geil. Seine Worte sorgten dafür dass ich mich härter mit der Gurke befriedigte und sie noch tiefer in meine Möse steckte.

Mein Freund kam zu mir und legte sich neben mich. Seinen Blick wendete er nicht einen Moment von mir ab. Er massierte seinen Fickprügel geil mit der Hand. "Komm Fotze, fick Dich schneller. Schieb die Gurke bis zum Anschlag in Dein Hurenloch!" stöhnte er gierig. Ich konnte nicht anders und gehorchte, wie wild rammte ich mir die Gurke in mein kochendes Fickfleisch. Der Orgasmus stürzte auf mich ein. Ich zuckte und zitterte am ganzen Körper, ich war fix und fertig. Mein Freund zog langsam die Gurke aus mir heraus und betrachtete mein geweitetes, tropfendes Loch.

Dann drehte er mich schnell um und war mit einer schnellen Bewegung über mir. Ohne ein weiteres Wort, schob er mir seinen Fickkolben in meine vom Fotzensaft nasse Arschmöse. Ich keuchte auf, er schob seinen Schwanz tief hinein und fing an mich mit harten Stößen abzuficken. Ich schrie vor Geilheit, er bohrte seinen mächtigen Phallus gnadenlos in mich rein. "Das brauchst Du Hurenfotze doch, jetzt mach ich Dich fertig Du geiles Stück!" stöhnte er mir zu.

Hart vögelte er meine Arschfotze durch, dazu wichste ich meine Klit wie wild mit meinen Fingern. Es dauerte nicht lange und ich spürte seine Ficksahne in meinem Arsch, er hatte geil abgespritzt. Als sich seine Sahne in meinem Loch ergossen hatte, war ich total fertig. Er nahm mich in den Arm und küsste mich. Ich schlief total erschöpft ein.

Als ich wieder erwachte, war ich immer noch ziemlich erschöpft. Ich konnte kaum glauben, was in den letzten Stunden alles geschehen war. Ich spürte aber, wie geil mich diese Situationen gemacht hatten. Immer wieder musste ich an die 'Spiele' meines Freundes denken. Allein der Gedanke daran sorgte dafür das ich wieder feucht wurde. Mein Blick fiel auf die Uhr an der Wand. Noch 10 Stunden musste ich ihm gehorsam sein. Ich ging ins Badezimmer um zu duschen.

Auf dem Waschbecken lag ein Zettel: "Habe hier eine Überraschung versteckt, such und benutz sie....bis später!" Eine Überraschung? Ich fing an zu suchen. Ich durchsuchte alles. Fand aber nichts. Mein Blick fiel auf mein Beauty-Case. Ich öffnete es und fand darin einen schwarzen Slip, im Inneren war ein Dildo angebracht. Ich ahnte was mein Freund von mir wollte. Ich ging erst mal duschen und dachte über diese 'Überraschung' nach. Da ich ja noch brav gehorchen musste, sah ich mir diesen Slip nach dem Duschen genauer an.

Der Gedanke diesen Slip tragen zu dürfen, machte mich geil. Ich konnte fühlen, wie meine Möse wieder nass wurde. Also zog ich den Slip an und führte mir den Dildo langsam ein. Sehr leicht glitt er in mich hinein. Es fühlte sich fantastisch an. Ich ging so 'bestückt' in das Schlafzimmer und betrachtete mich im Spiegel. man konnte nicht sehen, dass mich ein Dildo die ganze Zeit ausfüllte. Er war praktisch unsichtbar. In diesem Moment betrat mein Freund das Schlafzimmer, er sah mich an und kam auf mich zu. Heiß und innig küsste er mich, er streichelte sanft über meinen Körper.

Dann nahm er ein schwarzes Stretch Kleid aus dem Schank und ich zog es an. Dazu passende Strümpfe und Schuhe. Zufrieden betrachtete er mich. Er wollte mit mir Essen gehen und der Tisch wäre schon reserviert, sagte er. Also machte ich mich im Badezimmer noch schnell etwas zu Recht und steckte meine Haare hoch. Dann machten wir uns auf den Weg. Bei jedem Schritt spürte ich den Dildo in mir, meine

Knie zitterten leicht. Mein Freund hielt mich
aber gut fest, so dass ich ohne stolpern und heil
im Restaurant ankam. Wir wurden zu unserem
Tisch geführt, zu meiner Überraschung saß dort
bereits jemand.

Es war ein Mann, den ich nicht kannte. Mein
Freund begrüßte ihn herzlich, ich sah mir das
Ganze an. Charmant wurde ich vorgestellt und
wir nahmen Platz. Jetzt hatte ich ein Problem,
wie sollte ich eine nette Unterhaltung führen,
wenn ich gleichzeitig einen geilen Dildo in
meinem Loch spürte? Eine sehr schwierige
Aufgabe. Die Getränke wurden serviert und ich
rutschte leicht unruhig auf meinem Stuhl
herum. Mein Freund legte seine Hand auf mein
Knie. Das verunsicherte mich noch mehr.
Während er sprach wanderte seine Hand
höher, er schob den Slip zur Seite und wichste
einfach meine Klitoris. Ich biss mir so unauffällig
wie möglich auf die Lippen um nicht stöhnen

zu müssen. Ich entschuldigte mich hastig und ging auf die Damentoilette. Das Ganze war mir jetzt doch entschieden zu heiß geworden. Ich hatte mich wieder etwas beruhigt und wollte zum Tisch zurück gehen. Doch vor der Damentoilette fing mein Freund mich ab. Er fragte mich ob ich nass und geil wäre. Ob es mich anmachte den Dildo zu spüren. Ich konnte vor lauter Aufregung nur mit dem Kopf nicken. Er küsste mich wild, seine Zunge drang tief in meinen Mund ein.

Dann gingen wir wieder zum Tisch. Dort wartete unser Menü schon auf uns. Ich konnte kaum essen, denn ich war total aufgeregt und geil. Nach dem Essen gönnten wir uns noch einige Gläser Wein. Die Unterhaltung war lockerer geworden. Mein Freund ließ seine Finger immer wieder zu meiner Fotze gleiten. Das machte mich total verrückt. Endlich bezahlten wir, ich dachte schon ganz erleichtert an zu Hause. Doch mein Freund lud seinen Bekannten zu uns auf einen Kaffee ein. Ich konnte es kaum glauben das er das tat. Ich war geil und nass, ich wollte endlich den Dildo loswerden und nun das. Da mir nichts anderes übrig blieb, beschloss ich, auch noch das zu überstehen. Der Weg nach Hause zog sich total in die Länge. Der Dildo massierte meine Fotze gnadenlos durch. Als wir endlich ankamen, war ich froh. Mein Freund zog es vor, dann doch etwas anderes als Kaffee anzubieten. Ich ging in die Küche und sah auf die Uhr.

Nun war der Typ schon fast eine Stunde hier, und anscheinend würde er noch eine ganze Weile bleiben. Ich seufzte, meine Geduld wurde auf eine harte Probe gestellt. Ich ging ins Wohnzimmer und setzte mich neben meinen Freund. Die beiden Männer unterhielten sich über alte Erlebnisse. Es wurde viel gelacht und getrunken. Ganz plötzlich küsste mein Freund mich sehr leidenschaftlich.

Ich genoss es total, doch dann wurde mir bewusst das wir nicht allein waren. Ich löste mich leicht verlegen von meinem Freund. Ich wollte aufstehen, doch er hielt mich fest und küsste mich wieder. Seine Hände glitten über meinen Körper. Ich stöhnte leise. Ich spürte wie der Bekannte meines Freundes seine Blicke über mich gleiten ließ. Mein Freund spreizte meine Schenkel so, dass man einen uneingeschränkten Blick auf den Slip hatte. Das war mir total peinlich, aber ich hatte ja versprochen gehorsam zu sein.

Mein Freund flüsterte mir was ins Ohr. Ich stand auf, langsam zog er mir den Slip aus. Der Dildo glitt langsam aus meinem total nassen Loch. Dann setzte ich mich wieder. Mein Freund öffnete meine Schenkel weit und zeigte meine vom Dildo geöffnete Fotze. Die Blicke des

Fremden wurden geiler. Mein Anblick machte ihn richtig geil, ich konnte es an der Beule in seiner Hose erkennen. Mein Freund nahm Handschellen und fesselte mir die Hände auf dem Rücken. Dann verband er mir die Augen, ich konnte nichts mehr sehen. Plötzlich hörte ich die beiden Männer sprechen:

"Na gefällt Dir meine kleine Hure? Sie ist nass und geil und braucht dringend zwei dicke Schwänze, die sie abficken!" sagte mein Freund mit fester Stimme. "Ja Deine Schlampe ist geil, wir werden sie heute schön einreiten und es ihr besorgen. Ich hoffe die Sau schluckt auch!" hörte ich die andere Stimme antworten. "Klar schluckt die kleine Drecksau, sie tut alles was ich ihr befehle!" sagte mein Freund stolz. Ich hatte alles gehört. Panik ergriff mich. Wollte ich das alles? War ich wirklich so geil und willig? War ich so gierig? Tief in mir spürte ich dass es so war und das ich nichts dagegen tun konnte.

Ich spürte wie ich innig geküsst wurde, die Küsse waren leidenschaftlich und heiß. Mein Kleid wurde runtergezogen und ich spürte warme, starke Hände an meinen Titten. Meine Nippel wurden gezwirbelt und dann fühlte ich, wie sie gelutscht und gesaugt wurden. Ich stöhnte geil, dass machte mich richtig an.

"Jaaaa, leck die Titten meiner kleinen geilen Sau!" hörte ich meinen Freund stöhnen. Also waren das jetzt gar nicht seine Hände und Lippen gewesen. Ich konnte nicht glauben, das mich ein Fremder so erregen konnte. Immer weiter verwöhnte er meine Nippel, er leckte und biss sanft hinein. Dann spürte ich Finger an meiner nassen Spalte. Meine Murmel wurde gewichst, es machte mich fast wahnsinnig vor Lust. Dann fühlte ich einen Schwanz an meinem Mund. "Los Du geiles Stück, blas den fremden Schwanz!" keuchte mein Freund geil. Ich wollte es eigentlich nicht tun, aber meine Geilheit war so groß, dass ich nicht anders konnte. Ich öffnete den Mund und schon wurde mir ein sehr großer und dicker Schwanz reingeschoben.

Ich leckte die Eichel und hörte ein Stöhnen. Der Schwanz schmeckte einfach herrlich und ich genoss es, ihn im Mund zu fühlen. Die fremden Finger wichsten immer noch meine tropfende Spalte. Der Gedanke dass mein Freund alles beobachtete machte mich nur noch nasser. Ich fing an hemmungslos den geilen Schwanz zu blasen, ich leckte und nuckelte und saugte. "Fick meiner Sau in den Hals, dass braucht sie!" hörte ich die strenge Stimme meines Freundes. Doch dann spürte ich schon wie mir der Schwanz bis zum Anschlag in den Mund geschoben wurde. Ich bekam kaum Luft und röchelte leise. Plötzlich spürte ich eine Zunge an meiner Spalte.

Ich wurde wild und gierig geleckt. Meine süße Pussy zuckte dabei wie wild. Die Zunge drang in meine Fotze ein und leckte mich aus. Harte Stöße ficken dabei mein Maul. Dieser überraschende Dreier machte mich mehr als scharf. Die Zunge meines Freundes trieb mich unglaublichen Höhepunkten entgegen, die meinen Körper zum Beben brachten.

"Jetzt fick mein williges Stück durch!" sagte mein Freund gierig. Sofort wurde der dicke Schwanz aus meinem Maul gezogen und ansatzlos in meine Fotze geschoben. Dieses Rohr war wirklich richtig groß. Er schob ihn langsam ganz in meine auslaufende Möse. Ich keuchte dabei laut, dann fing er an mich zu ficken. Hart stieß er in mein Fickfleisch und besorgte es mir. Die Stöße wurden immer schneller und fester.

Ich schrie vor Lust, mein Freund feuerte ihn an, mich richtig fertig zu machen. Dann stopfte mir mein Freund das Maul mit seinem Schwanz. Er fickte meine Maulfotze und beschimpfte mich dabei für meine Geilheit. Ich hatte zwei gestopfte Löcher und war einfach nur noch in Ekstase und voller Lust. Jetzt wollte der Fremde meinen Arsch ausprobieren.

"Ja, nimm Dir ihren Stutenarsch vor!" sagte mein Freund geil. Meine Aschfotze wurde mit etwas Gleitgel eingeschmiert und dann spürte ich schon den Druck des dicken Fickpimmels. Er bohrte meine Rosette langsam auf. Mein Freund vögelte mein Maul dabei ohne Pause weiter durch. Das dicke Rohr drang langsam in meine enge Arschmöse ein. Ich konnte nicht mal stöhnen, weil mein Mund so beansprucht wurde. Dann war der Schwanz endlich ganz in meinem Arsch drin. Eine kurze Zeit hielt er still. Doch dann fing er an meinen Arsch zu ficken. Erst waren es langsame und vorsichtige Stöße. Mit einer Hand fingerte er meine Möse dabei.

Ich fühlte mich total willenlos, absolute Unterwerfung meinerseits.

Nach einer Weile wurden die Stöße fester und tiefer. Mein Freund erzählte mir mit geilen Worten von dem versauten Anblick den ich bot. Der Schwanz bohrte sich bis zum Anschlag in mein Arschloch. Er keuchte laut dabei. "Los jetzt fick meine Schlampe hart in den Arsch, bis die geile Sau um Gnade fehlt!" verlangte mein Freund.

Kaum hatte er das ausgesprochen, wurde ich wie wild gestoßen. Der Fremde fickte mich wie von Sinnen durch. Ich spürte wie mich einer von unzähligen Höhepunkten überrollte. Doch die Stöße wurden eher noch härter. Ich war schon völlig fertig. mein Körper zitterte wie verrückt. Da zog mir mein Freund seinen Schwanz aus dem Mund.

"Jetzt vögeln wir meine kleine, geile Hure zusammen durch!" sagte mein Freund voller

Wollust. Der dicke Schwanz wurde mir aus dem Arsch gezogen. Ich musste mich auf den Schoss des Fremden setzen und sofort war der riesige Fickprügel wieder in meinem Arsch verschwunden.

"Los reite den Schwanz mit Deinem Stutenarsch, Du geile Sau!" verlangte mein Freund. Ich gehorchte brav und fing an zu reiten. Harte Stöße hämmerten mir von unten entgegen. Dann spürte ich, wie mein Freund seinen Schwanz an meiner Fotze ansetzte und ihn unbarmherzig in mich trieb. Jetzt war ich mehr als ausgefüllt. Mein Freund fing an meine Pussy zu ficken und auch sein Bekannter bleib nicht untätig. Abwechselnd stießen sie zu und ficken mich durch.

Ich taumelte von einem Höhepunkt zum anderen. Die beiden Schwänze rammten immer tiefer in meine geilen Löcher hinein. Immer und immer wieder. Ich schrei vor

Geilheit nur noch. Konnte nicht mehr denken sondern nur noch fühlen. Dann gaben die Beiden alles, sie fickten mich wie besessen durch. Ohne Ende, ohne Gnade...ich war völlig weggetreten dabei... sie unterwarfen mich der Lust und Leidenschaft wie eine Sklavin.

Als ich wieder zu mir kam, lag ich im Bett. Mein Freund neben mir. Ich war völlig fertig, konnte aber das Sperma, das ich wohl geschluckt haben musste noch schmecken. Als mir endlich klar wurde, wie hemmungslos ich mich hatte von einem Fremden ficken lassen überkam mich ein Gefühl der Scham. Hatte ich es wirklich so genießen dürfen? War mein Freund eifersüchtig geworden? Viele Fragen schwirrten mir durch den Kopf.

Ich stand auf und ging mit diesen Gedanken in das Badezimmer. Ich gönnte mir eine heiße Dusche und dachte über das Erlebnis zu dritt nach. War es wirklich so leidenschaftlich und wild gewesen? Oder spielte mir meine Erinnerung einen Streich? Ich kam aus der Dusche und zog meinen molligen Bademantel an, barfuß lief ich ins Wohnzimmer. Auf dem Tisch stand eine Vase mit fünfzig roten Rosen, die einen süßen Duft verströmten. Eine kleine Karte lag daneben. ' Ich liebe Dich' stand darauf geschrieben.

Ich setzte mich und genoss den purpur-roten Anblick der schönen Blüten. Meine Gedanken schienen wohl völlig fehl am Platz gewesen zu sein. Die Sorge um Eifersucht war total unbegründet gewesen. Das löste in mir ein Gefühl von Erleichterung aus. Ich nahm die Fernbedienung in die Hand und schaltete den Fernseher ein. Eigentlich wollte ich nur die Nachrichten sehen, doch ich sah meinen Freund, der mir lächelnd viel Spaß bei dem folgenden Film wünschte.

Was ich dann zu sehen bekam, konnte ich kaum glauben. Ich sah, wie mein Freund mich seinem Bekannten vorführte. Der Bekannte meines Freundes leckte mir gierig die Nippel meiner Titten hart. Mir wurde bewusst dass mein Liebster alles aufgenommen hatte. Jede Einzelheit war deutlich zu erkennen, ich konnte seine gierigen Befehle hören. Ich sah mich selbst, wie ich in dieser heißen Situation immer mehr zum willigen Fickstück wurde.

Ich sah die wilde und alles verzehrende Lust die mein Freund ausstrahlte. Ich konnte seine Stimme hören und ich sah wie sehr ihn meine Fremdbenutzung erregte. Er war wie ein Regisseur der alle Fäden in der Hand hielt. Diese Situation zu sehen und noch mal als Zuschauerin zu erleben, war sehr erregend für mich. Wie gebannt schaute ich uns dreien zu. Meine Blicke saugten sich förmlich an den Bildern fest.

Als der Film zu Ende war, wurde mir bewusst wie sehr ich es genossen hatte gehorsam zu sein. Ich schaltete den Fernseher aus und ging ins Schlafzimmer um mich anzukleiden. Kurze Zeit später kehrte mein Freund zurück. Er betrat das Schlafzimmer und konnte es an meine Augen erkennen, dass ich mir den Film angeschaut hatte. Lustvoll nahm er mich in die Arme und küsste mich sanft.

Ich gab mich dieser Zärtlichkeit nur zu gern hin. Langsam öffnete ich sein Hemd und zog es aus. Stück für Stück entkeidete ich ihn. Nackt sanken wir gemeinsam auf das Bett. Unsere Körper eng verschlungen genossen wir dieses Gefühl von Leidenschaft. Immer wieder küssten wir uns. Wir streichelten unsere Körper mit Hingebung und spürten die wohlige Wärme die davon ausgelöst wurde.

Dann wurden seine Berührungen fester und fordernder. Seine Küsse wurden wilder und gieriger. Die Stimmung veränderte sich merklich und dann sagte er: "Ich habe Deinen Anblick bei unserem Dreier genossen! Du hast Dich nur zu gern von dem fremden Schwanz ficken lassen. Du warst so nass und geil, dass Du nicht genug bekommen hast!"

Ich überlegte fieberhaft was ich darauf erwidern könnte, ich wollte es abstreiten. Doch er sprach einfach weiter: "Du hast Dich benutzen lassen wie eine Hure. Hast Deinen geilen Arsch ficken lassen und die fremde Ficksahne geschluckt! Du bist einen versaute Nutte!" Die Worte beleidigten mich in keinster Weise, denn er hatte Recht. Ich nickte zustimmend.

Seine Hand fuhr durch meine feuchte Spalte und er konnte meinen Saft an den Fingern spüren. Genüsslich schob er mir seine Finger in den Mund und ich leckte meinen süßen Saft von seinen Fingern.

"Diese letzten Stunden Deines Gehorsams wirst Du nie vergessen", sagte er voller Geilheit. Dann kniete er sich über mich und schob mir seinen prallen zuckenden Schwanz in den Mund. Ich lutschte ihn voller Hingabe und ich spürte das pulsieren in ihm. Er drückte mich auf das Kissen und fing an meine Maulfotze zu ficken. Harte Stöße füllen meinen Rachen aus.

Immer wieder fickte er tief in meinen Hals hinein. Mir blieb die Luft weg und ich röchelte. Dann kam er tief in meinem Mund und spritzte seinen köstlichen Nektar in meinen Hals. Ich genoss diesen Geschmack und schluckte und schluckte. Als ich sein herrliches Rohr sauber geleckt hatte küsste er mich, er zog sich wieder an und verließ das Schlafzimmer. Kurze Zeit später kam er zurück mit einer Tüte in der Hand.

"Hier ist Dein Outfit drin! Du wirst es anziehen

und alles tun was ich von Dir verlange!" befahl er mir mit einem strengen Unterton in der Stimme. Dann ließ er mich allein. Ich öffnete voller Neugier die Tüte. Was ich darin fand überraschte mich total. In der Tüte war ein Dienstmädchen-Outfit in den Farben Schwarz und Weiß gehalten drin. Das Kostüm war so knapp geschnitten, dass es nichts verhüllte sondern alles betonte. Dazu gehörten ein Paar grobmaschige Netz-Strümpfe und schwarze Lack-High Heels mit 10 cm Absätzen.

Diese Kleidung sah wie ein sehr frivoles Karnevalskostüm aus. Langsam zog ich mich an. Als ich fertig war, betrachtete ich mich im Spiegel. Ich sah aus wie ein Dienstmädchen das nur darauf wartet vom Hausherren benutzt zu werden. Mein Freund kam zu mir und ließ seine Blicke über mich schweifen. "Du siehst sehr willig und geil aus! Spreiz Deine Beine und wichs Deine Fotze! Ich will das Du immer nass bist!" verlangte er gierig von mir.

Gehorsam spreizte ich die Beine und wichste meine Möse vor ihm. Er drehte mich zum Spiegel um, so dass ich mich beim Fingern beobachten musste. Ich konnte spüren und sehen wie ich immer feuchter wurde. Meine Finger glitten immer wieder geil durch meine Spalte, bis ein zittern meinen Körper durchlief. Er beobachtete mich mit hungrigen Blicken, doch er berührte mich nicht.

Dann musste ich auf seinen Befehl hin aufhören, was mir wirklich sehr schwer fiel. Ich ging in die Küche und kochte mir einen Kaffee und setzte mich ins Wohnzimmer. Mein Freund hatte noch was Dringendes zu erledigen und ging recht schnell. Da saß ich nun in dieser 'Verkleidung'. Ich wusste nicht was mich erwarten würde. Ich war neugierig, aber mir

war klar dass ich einfach abwarten musste
dann würde ich schon alles erfahren.

Als er zurückkam, sagte er nichts. Mein Liebster
gab mir meinen Mantel den er sehr sorgsam zu
knöpfte und wir gingen zum Auto. Als wir
eingestiegen waren verband er meine Augen
mit einem schwarzen Tuch, so dass ich nichts
mehr sehen konnte.
Wir fuhren los, er prüfte mit einer
Handbewegung ob ich noch nass, diese
Berührung durchzuckte mich wie ein Blitz und
mein Körper verlangte nach mehr. Ich hatte
durch die verbundenen Augen jegliches
Zeitgefühl verloren. Irgendwann hielt er das
Auto an und er war mir beim Aussteigen
behilflich, da meine Augen immer noch
verbunden waren. Wir gingen einige Stufen
herunter, dann hörte ich wie er eine Tür
öffnete.

Er zog mir den Mantel aus und nahm meine Augenbinde ab, ich sah mich blinzelnd um. Der Raum war sehr gut abgedunkelt und nur wenige Kerzen sorgten für etwas Licht. "Ich erwarte dass Du mir jetzt absolut gut zu hörst!" sagte er leise. Ich nickte mit dem Kopf. "Im Raum nebenan sitzen einige Herren, die gern von Dir Gebrauch machen würden. Einen dieser Herren kennst Du bereits. Ich will sehen wie sie Dich benutzen. Wenn Du das tun willst, dann setze diese Maske auf! Wenn Du es nicht willst, dann sag es mir wenn ich gleich wieder zu Dir zurückkomme!"

Total überrascht sah ich ihn an. Tausend Fragen schossen durch meinen Kopf. Wollte ich das wirklich tun? Sollte ich gehorsam zeigen? Ich war total unsicher, ja der Dreier hatte mich geil gemacht. Aber das hier war doch was völlig anderes. Er ging in das Nebenzimmer und ließ mich allein, damit ich nachdenken konnte.

Ich hatte bei unserem Spiel verloren und bisher alle gestellten Aufgaben erfüllt. Von seinen sexuellen Phantasien wusste ich schon lange. Aber das er sie auch so ausleben und erleben wollte, war mir nie wirklich klar gewesen. Wie sollte ich reagieren, sollte ich dieses 'Spiel' zu Ende spielen oder sollte ich es jetzt an dieser Stelle abbrechen?

Der Gedanke von anderen Männern benutzt zu werden und fremde Schwänze zu spüren erregte mich sehr. Es gefiel mir auch mir vorzustellen, wie sehr mein Freund meinen Anblick dabei genießen würde. Ich wusste das nach dieser Aufgabe seine 24 Stunden vorbei wären und das ich vielleicht das nächste Spiel gewinnen würde. Ich könnte mich revanchieren ebenso lustvoll und doch auch quälend. Unschlüssig nahm ich die kleine schwarze Maske in die Hand. Ich dachte an die geilen Erlebnisse die mir unser Spiel schon geschenkt hatte. Langsam setzte ich die Maske auf. Sie verhüllte mein Gesicht zu Hälfte, so dass ich unkenntlich war.

Mein Freund kam zu mir und sah dass ich die Maske aufgesetzt hatte, er küsste mich leidenschaftlich. Dann führte er mich in das Zimmer. 4 Herren, die alle auch ihr Gesicht mit einer Maske bedeckt hatten, saßen in gemütlichen Sesseln. Ein dicker flauschiger Teppich bedeckte den ganzen Boden. In der Ecke stand eine Bar und leise Musik war zu hören.

Die Blicke der Männer glitten über mein Kostüm und ich erschauerte. Ich ging zur Bar und holte das Tablett mit den bereit stehenden Getränken. Mit dem Tablett in den Händen ging ich herum und verteilte so die Getränke. Die Herrenrunde unterhielt sich angeregt. Mein Freund winkte mich zu sich. Ich setzte mich auf seinen Schoß und er spreizte meine Schenkel,

so das alle meine nasse Fotze sehen konnten.
Die Blicke wurden gieriger und mein Freund
fing an mich vor diesen fremden Augen zu
fingern. Ich stöhnte gierig, während er hart
meine Klit massierte. Jeder konnte seine nassen
Finger sehen. Er wichste meine geile Fotze und
genoss die fremden, gierigen Blicke auf
meinem Körper.

Dann spreizte er mit beiden Händen mein
Loch, so dass man mein tropfnasses Fickfleisch
sehen konnte. Der Bekannte kam zu uns und
leckte gierig meinen Fotzensaft aus dem Loch.
Mein Freund holte meine Titten dabei raus und
lutschte meine Nippel, die davon steinhart
wurden. Diese leckende Zunge und die Blicke
der Männer machten mich total an. Sie
beobachteten uns geil und hatten ihre
Schwänze rausgeholt und wichsten sie sich vor
meinen Augen.
Der Bekannte packte seinen Schwanz aus und

schob ihn mir in den Mund. Geil vögelte er mein Maul durch. Meine Blicke kleben an den geilen harten Fickrohren die dabei wild gewichst wurden. Sein geiles Gerät wurde immer dicker und härter in meinem Mund. Dann entzog er es mir und mein Freund legte mich auf den Boden.

"Fick meine kleine Sau durch!" verlangte mein Liebster gierig. Sein Bekannter nickte und schob seinen Fickprügel sofort tief in meine auslaufende Fotze. Die anderen Männer schauten wie gebannt zu, ich konnte sehen dass die Schwänze schon kurz vor der Explosion standen.

Geiles versautes Stöhnen erfüllte den Raum, mein Freund kniete über mir und fickte meinen Rachen bis zum Anschlag durch. Harte Stöße versenkten sich in meiner Lustspalte und ich spürte diese wilden Wellen der Lust und Glücksgefühle die mich überschütteten. "Fick die Hure ins Arschloche!" verlangte einer der wichsenden Zuschauer. Das ließ sich mein Freund sich nicht zweimal sagen.

Der Bekannte zog seinen Schwanz raus, er legte sich hin, ich setze mich auf ihn und schob mir so den geilen Schwanz sofort wieder in die klatschnasse Fotze rein. Mein Freund kam hinter mich und setzte sein harter Kolben an meiner Rosette die schön vollgeschmiert mit meinem Liebeshonig war an. Er drückte seinen Kolben langsam in mein Arschloch. Ich stöhnte wie von Sinnen dabei und spürte wie sehr ich ausgefüllt wurde.
Nach und nach verschwand der dicke Schwanz in meiner Arschfotze. "Fickt die Drecksau richtig ab!" keuchte einer der geilen Zuschauer. Sofort spürte ich harte Fickstöße, die mich aufbohrten. Sie fickten mich durch ohne Gnade. Die Härte und die Gier waren so groß das sie immer hemmungsloser und wilder in

mich stießen. Ich schrie wie verrückt vor Geilheit.

Diese beiden herrlichen Schwänze machten mich völlig willenlos und nur noch gieriger auf mehr. Plötzlich standen zwei der Männer neben mir und schauten mich mit versauten Blicken an. "Los Du kleine Schlampe, wichs die Schwänze!" verlange mein Freund geil von mir. Ich konnte nicht anders und nahm die geilen Riemen in die Hände. Sie waren warm und prall. Während mein Körper unter den geilen Fickstößen wie wild zitterte, fingen meine Hände an die beiden Pimmel zu wichsen. Sofort stöhnten die beiden Männer voller Lust auf. Die Schwänze wurden stahlhart in meiner Hand.

Je härter mich mein Freund mit seinem Bekannten durchvögelte, desto wilder wichste ich die geilen Fickprügel in meinen Händen.

"Was bist Du eine geile Nutte! Ein Schwanz ist noch übrig. Nimm ihn in Deinen geiles Blasmaul und besorg es ihm!" keuchte mein Freund. Ich war mittlerweile so geil dass ich alles getan hätte, ohne drüber nachzudenken.

Schon stand der Typ vor mir und ich nahm seinen Schwanz gierig in den Mund. Ich saugte und lutsche die pralle Eichel und es gefiel mir. Dann fing er an meine Maulfotze im gleiche Tempo zu ficken, wie meine anderen Löcher gefickt wurden. "Was für eine versaute 3 Loch Stute Du doch bist!" stöhnte mein Freund voller Geilheit.
Laut schreiend ergoss sich die Ficksahne der abgewichsten Schwänze in meine Hände. Was ein irres Gefühl das doch war. Ich wichste auch noch den letzten Tropfen raus. Jetzt konnte ich spüren das der Schwanz in meinem Maul auch bald spritzen würde. "Schluck die fremde

Ficksahne, Du kleine Nutte!" konnte ich meinen Freund gierig stöhnen hören.

In dem Moment schleuderte mir der Typ seinen heißen Samen in den Rachen und ich schluckte alles gierig. Das machte meinen Freund so geil, dass er seinen Schwanz aus meiner Arschmöse zog und ihn zu dem anderen Schwanz in meine Fotze reinschob.

Jetzt hatte ich zwei hammerharte dicke Schwänze in meinem nassen Fotzenloch. Ich konnte nicht mehr, meine Muskeln zuckten wie verrückt und da spritzten meine beiden Stecher mir ihre Ficksahne in Möse rein. Ich bekam einen irren Höhepunkt...es war wie eine gewaltige Explosion.... Als ich wieder zu mir kam, waren mein Freund und ich allein. Er baute seine Cam, die wohl alles gefilmt hatte ab.

Dann zog er mir den Mantel an, nahm mir die

Maske ab und verband mir wieder die Augen. Ich war völlig geschafft, als wir zu Hause an kamen nahm er mir die Augenbinde ab. Wir gingen eng aneinander gekuschelt hinein. Ich legte meinen Mantel ab und fiel total fertig auf das Sofa. Mein Liebster brachte mir einen Kaffee "Du hast Dein verlorenes Spiel eingelöst, ich bin stolz auf Dich und ich freue mich auf unser nächstes Spiel!" sagte er zärtlich und küsste mich liebevoll.

Dann ging er in die Küche um uns etwas zu kochen. Ich stand auf und ging zum Wohnzimmerschrank und öffnete die Schublade. Ich nahm die Karten heraus durch die das Ganze erst möglich geworden war und ich erinnerte mich an all die geilen und prickelnden Situationen, die ich durch das Verlieren beim Strip-Poker erlebt hatte.
Ich setzte mich hin und schloss genießerisch die Augen. Meine Fingerspitzen fuhren über die

Karten. Doch halt... was war das ...ich konnte mit meinen Fingerspitzen kleine Unregelmäßigkeiten an den Karten fühlen. Ich öffnete die Augen und betrachtete die Karten ganz genau... Die Karten waren markiert gewesen... Er hatte mich reingelegt... Dieser Teufel! Er hatte falsch gespielt und nur darum so eindeutig gewonnen... Na warte, dachte ich still bei mir. Das nächste Spiel suche ich aus.

Zeitfracht Medien GmbH
Ferdinand-Jühlke-Straße 7
99095 Erfurt, Deutschland
produktsicherheit@kolibri360.de